Henri Beyle et son curieux tourment

Henri Beyle

et son curieux tourment

Charles Duttine

A mon frère Gérard qui fut médecin et humaniste

« Le marbre et le bronze n'étaient pas des matières mortes,   c'était plutôt l'unique réalité vivante, c'était là que s'exprimaient réellement l'idéal et la valeur de l'existence humaine. »

« Gradiva, fantaisie pompéienne » Wilhelm Jensen

« Les statues endormies qui rêvent toutes blanches
Dont la soif de mourir jamais ne s'étanche »

« Poèmes divers » Guillaume Apollinaire

Chapitre 1 :

des cas étranges.

Le cœur palpitant d'une ville.

Ce n'est pas par hasard qu'on parle du cœur d'une ville. Une ville relève de l'insaisissable comme l'entrelacs de nos sentiments. Et il en est ainsi lorsqu'on approche de son centre, palpitant comme le muscle cardiaque. On peut l'aborder de mille et une manières ; jamais, semble-t-il, on n'en aura une prise directe. Ce cœur d'une cité, il nous échappera toujours, vivante et secrète bête sauvage qui n'en finit pas d'onduler au gré de ses systoles et diastoles.

De la périphérie des faubourgs pour rejoindre ce cœur urbain, c'est toute une aventure qui nous attend. Lorsqu'on s'y hasarde pour les premières fois, on est amené à suivre un itinéraire labyrinthique, chaotique presque initiatique. Son approche est lente. D'une commune de banlieue à une autre, on tâtonne, on hésite, on s'y perd souvent. On bifurque d'un côté, ou de l'autre, comme une boussole affolée. Mais on sent à mesure de notre avancée, petit à petit, la ville s'offrir à nous et s'imposer. C'est elle qui s'installe en nous plutôt que nous nous installons en elle. Comme un fleuve qui attire, séduit les rivières des alentours ou le moindre ruisseau et filet d'eau, elle nous aimante, étonnant pôle magnétique. Quand notre parcours aboutit finalement, on la sent vibrer tout près, cette ville, gronder d'une étrange présence.

Après avoir dépassé ses portes d'entrée, semblables à d'anciens octrois, on entre dans un nouvel ordre. Il faut là aussi tenter de le maîtriser. Comme un écolier qui ânonne son alphabet, récite les voyelles et déchiffre les rugueuses consonnes, on se trouve devant un répertoire à effeuiller, à déchiffrer. Qu'en est-il de telle rue, de tel boulevard, de ce bâtiment qu'on dépasse ? Comment ordonner tout cela ? Pourtant tout semble s'imbriquer comme de multiples phrases formant un texte qu'on aura toujours du mal à traduire et interpréter.

Une ville qu'on découvre désarçonne immanquablement. Et même lorsqu'elle nous devient familière, on reconnait bien volontiers sa richesse qui nous échappe. Quant à celui qui y vit quotidiennement, comme à Paris, il ne manquera pas d'être déconcerté par sa ville, comme devant une œuvre d'art qui le fascine sans savoir vraiment pourquoi.

Un spectacle urbain.

C'était un matin comme de plein été. On n'était pourtant qu'au printemps, au début du mois de mai, mais ce jour-là, le soleil qui commençait à émerger de l'océan des toits parisiens avait la pureté d'un astre naissant. Pour quiconque assiste au lever du soleil sur la ville, le spectacle du point du jour possède un je ne sais quoi d'éblouissant et de poignant.

Imaginons ce quidam placé à l'arrière de l'île de la Cité. La mise en scène commence dès les premières lueurs. Il sentira la nuit s'échapper et voguer lentement vers l'ouest, puis les immeubles imprégner son œil de plus en plus nettement, alors que la lueur matinale, grise tout d'abord, bleue et rose ensuite, glisse sur eux. La forme de ces immeubles, leur colori miel, la courbe des quais, la nuance des flots, si variable selon le jour ou le moment, vague clapotis ou roulis chaotique, tout cela se distingue et se perçoit au fur et à mesure de la luminosité grandissante. Il y a là de quoi faire chavirer le cœur pour quiconque prend le temps de contempler un tel spectacle urbain. Et ce matin-là, l'éclosion de la ville avait quelque chose de glorieux, en cette aurore printanière.

C'était un matin de mai qui s'éveillait. Les premiers mouvements de la ville s'observaient. Si les voies sur berge restaient pour l'heure quasi désertes, les quais

commençaient à connaître leurs embouteillages tradition-
nels. Sur l'île de la cité, quelques rares piétons encore
engourdis par le sommeil s'activaient vers leur lieu de
travail et les premiers touristes s'affairaient à leur manière, ahuris presque éberlués devant le paysage qu'il
découvrait et que leur offrait Notre Dame et son quartier
environnant

Pour peu que l'on se place sur l'enjambée d'un
pont, le spectacle de la ville qui s'éveille relève d'une
dimension picturale. Des lignes de fuites, la part du ciel
et de la lumière en composent l'ordonnancement. Un
véritable tableau avec son premier plan, sa toile de fond,
ses couleurs, ses nuances, ses formes, ses mouvements,
comme ceux qu'un Johan Barthold Jongkind a tenté si
souvent de saisir. Pour un esprit contemplatif, ce paysage
urbain apporte apaisement et exaltation. Comme certains
prennent un bain de nature, une ville, par les trouées ar-
tistiques qu'elle laisse parfois entrevoir, apporte une
semblable sensation qui inspire au repos de l'âme et
éveille une promesse de bonheur.

Le médecin des musées.

La matinée était déjà bien avancée et les touristes s'agglutinaient devant le musée d'Orsay. Les files s'allongeaient en débordant les barrières de protection. Elles formaient de curieuses courbes, un tracé sinueux qui n'en finissait pas d'onduler. Avec bonne humeur, un brouhaha de langues les plus diverses et les plus colorées s'en échappait. On aurait pu croire que tous les pays s'étaient donné rendez-vous sur cette esplanade. Les visiteurs attendaient sagement mais on sentait une certaine impatience fiévreuse. On aurait dit une foule attendant d'embarquer dans un paquebot pour une croisière lointaine. Et le musée d'Orsay paraissait bien, tel un navire gigantesque, ancré au bord de la Seine. Cette impatience qui se répétait chaque matin, le Docteur Ledan notre personnage la connaissait bien. Il ne fallait pas qu'elle prenne toutefois des proportions inconsidérées, c'est ce qu'il se disait souvent.

Norbert Ledan travaillait au musée d'Orsay ainsi qu'au Louvre quelques journées par semaine. Son travail de médecin et de psychiatre le rattachait au service Sécurité. On faisait appel à lui pour tous les problèmes médicaux qui pouvaient survenir. Et ils étaient nombreux, dégringolade d'un escalier par un visiteur, indisposition passagère d'un touriste, ou toutes sortes d'événements les plus saugrenus ! Le docteur Ledan se voyait très souvent sollicité. A Orsay, il était logé presque sous la verrière de l'ancienne gare, et au Louvre le service Sécurité, là où il officiait, trouvait refuge dans les sous-sols. Il travaillait en alternance ou bien dans l'endroit aérien et lumineux d'Orsay ou bien dans les caves sombres du Louvre qui auraient pu relever d'un sarcophage pour un esprit imaginatif. Cette alternance faite de clarté et d'obscurité, entre paradis et enfer, lui plaisait.

Le docteur Ledan avait suivi ses études à la faculté de médecine de Paris. Après l'internat, il s'était spécialisé dans les services de psychiatrie. Il tenait un cabinet en ville, comme l'on dit, pour des consultations privées. Un de ses condisciples de la fac lui avait parlé de ce poste qui se créait aux Musées Nationaux et il en saisit l'opportunité. L'idée de ne plus simplement déambuler dans certains couloirs d'hôpitaux ou d'ouvrir la porte de son cabinet sur sa salle d'attente dont il connaissait le moindre recoin le séduisit. Et il fit le pas vers ces musées qui lui permettaient de découvrir de nouveaux horizons. Comme il existe des médecins des armées, il était devenu un médecin des musées.

Son apparence était des plus banales. Physiquement, notre personnage se situait dans la moyenne en matière de taille ou de corpulence. Une « anatomie » ordinaire dira-t-on médicalement. Question vestimentaire, Norbert Ledan pouvait passer totalement inaperçu. Loin de lui, certaines frivolités. Un « Monsieur Tout le

Monde » pouvait penser le premier passant venu, s'il le croisait dans la rue, sauf qu'il cultivait en lui la vénération des belles choses. Le lecteur assidu de Sigmund Freud qu'il avait été savait que le médecin viennois avait un goût pour les tableaux et statuettes. Si l'on voulait faire plaisir à Freud, le présent tout trouvé était de lui offrir une œuvre d'art. Il en était de même pour Ledan. De ce fait, il voyait son travail à Orsay et au Louvre comme une véritable offrande et un cadeau quotidien.

Ledan, l'esthète.

Il peut paraître curieux qu'un esprit scientifique accorde tant de place au monde de l'art. Pourtant, c'était quelque chose de très profond chez Norbert Ledan. Très vite, au cours de ses études, il avait regretté la prépotence que prenaient les disciplines scientifiques dans la formation médicale. Il avoua son incompréhension devant le concours de première année cadenassé par les maths, la physique-chimie, la biologie ... la suite vint lui confirmer cette mauvaise impression. Les années suivantes n'étaient vouées qu'à des connaissances théoriques purement scientistes, la pratique ne venant que bien tard et quant à la relation médecin-malade, elle ne tenait qu'une part minime dans son initiation médicale. Elle lui paraissait même bâclée. Pourtant la pratique médicale relevait, selon lui, du qualitatif. Un médecin était souvent démuni quand il fallait annoncer un mauvais résultat d'analyses à un patient ou lorsqu'il devait envisager avec lui un long et lourd processus de guérison. Encore plus perdus se sentaient ses collègues quand ils étaient dans la nécessité d'annoncer le décès d'un patient aux proches. Les créateurs, les écrivains, les poètes ou dramaturges, les cinéastes en apprennent beaucoup plus que les cours de fac sur les comportements humains et l'empathie dont n'importe quel thérapeute doit savoir faire preuve. Sa thèse de médecine d'ailleurs avait été on ne peut plus claire. Il l'avait intitulée « La formation à la dimension humaine dans la pratique médicale : le rôle des œuvres d'art ». Et il l'avait soutenue avec brio.

D'où lui venait ce goût pour la beauté et l'œuvre d'art ? Il aurait fallu remonter loin dans son histoire personnelle pour y répondre. Il se souvenait qu'en classe de terminale, le prof de philo avait un jour commenté Platon. Le jeune Norbert ne baillait pas, ce jour-là. Le cours portait sur un passage d'un dialogue platonicien « Le Banquet », un livre étonnant, vieux de plus de vingt siècles et qui paraissait à Ledan et à son professeur d'une vitalité étonnante. Dans ce livre, des personnages festoyaient tout en devisant très philosophiquement sur l'amour et la beauté. Vers la fin des agapes, un personnage inspiré, Diotime disait à peu près ceci à Socrate : « C'est à ce moment, mon cher Socrate, que la vie vaut la peine d'être vécue pour l'être humain parce qu'il contemple la beauté en elle-même ». Voilà ce qui avait frappé le jeune Norbert Ledan. La vie ne prenait son sens que lorsque la contemplation de la beauté se dévoilait à nous. Cette phrase, il se la répétait souvent notamment quand il regardait quelques filles du lycée qui incarnaient pour lui la beauté et la grâce.

Ledan la répétait, également, cette phrase lorsqu'il goûtait l'élégance délicate d'un poème, l'harmonie d'un tableau ou encore l'intensité mémorable d'une séquence de cinéma. Et quelle œuvre l'avait marqué en premier ? Impossible pour lui de le dire ! Il eût fallu allonger Ledan sur un divan pour qu'il fouille et sonde ses souvenirs. Mais ce sont plutôt les autres qu'il interrogeait sur son divan de psychiatre. Et, il était incapable de situer dans sa biographie cette scène primitive qui l'avait troublé. Etait-ce lors d'une visite dans un musée quelconque ? Une exposition ? Pendant sa déambulation dans une galerie ou un atelier ? Un documentaire vu, un jour quelconque, ou bien le spectacle d'un vieux Larousse où enfant il contemplait les planches d'histoire de l'art ? Il ne le savait …

Mais, après tout, est-ce bien nécessaire de le savoir, se disait Ledan ? L'essentiel n'est-il pas de ressentir ?

Un premier cas étrange.

Un peu plus tard dans la journée, un charivari vint s'amplifier sous la verrière d'Orsay, tout près de son bureau. Le docteur Ledan savait qu'il aurait immanquablement à intervenir. Sa secrétaire, Mademoiselle Lepigois qui occasionnellement et dans certaines urgences faisait également office d'infirmière vint discrètement le prévenir. Mathurin, le responsable sécurité, l'un de ses principaux collègues, l'accompagnait.

Tous les deux lui racontèrent qu'un visiteur avait fait des siennes dans la salle Courbet, la fameuse salle Courbet devant le non moins fameux tableau « L'origine du Monde ». Ce touriste qui voyageait en groupe avait voulu voir cette peinture au plus près. Il était tellement fasciné par elle et excité à l'idée de se prendre en selfie avec cette toile en arrière-plan, qu'il avait bousculé ses compagnons de voyage, s'était emmêlé les pieds dans le fil qui délimitait la zone de protection et avait perdu l'équilibre. Le signal sonore de sécurité s'était déclenché et croyant pouvoir l'arrêter le touriste avait tenté de remettre la toile en équilibre. Un « pataquès » pas possible, disait Mathurin ! C'était l'expression favorite de Mathurin, lui qui était originaire du Sud-Ouest. Les gardiens étaient intervenus mais peine perdue le touriste n'en finissait pas de manifester son excitation. La décision avait été prise de l'emmener ici. Il fallait le voir et d'abord le calmer. En tout cas, pour Mademoiselle Lepigois et Mathurin, il ne faisait aucun doute, ce touriste était un « fada ».

Cette salle Courbet et « L'origine du Monde », ce n'était pas la première fois qu'elle provoquait des troubles ! Et ce ne serait pas la dernière se disait Ledan qui était maintenant seul dans son bureau ! Il attendait un peu que les choses se décantent avant de voir le touriste. Les gardiens familiers de cette salle racontaient toutes sortes d'histoires. C'était un des endroits les plus bruyants du musée mais aussi parfois les plus silencieux ! « L'origine du Monde » entraine des réactions étonnantes, certaines démesurées, outrancières ou rigolardes, d'autres faites de gêne silencieuse ou parfois de protestation. Des artistes en profitent également pour des performances esthétiques, quelques-unes loufoques, d'autres amusantes et originales. On y observe de tout, de quoi laisser les gardiens perplexes, quelque peu désabusés mais sur leurs gardes.

Et quelle histoire que celle de cette toile ! Elle représente un nu féminin d'une manière réaliste, une femme sensuellement allongée sur le dos, cuisses ouvertes, sexe et pilosité en évidence ainsi que le ventre jusqu'au début des seins. Pas de visage, la toile ne cadre cette femme que du haut des jambes à la poitrine. Ledan savait qu'elle avait entrainé toutes sortes de protestations lorsqu'elle avait été exhibée. On lui avait même imposé un cache, histoire de ne pas heurter la pruderie de certains. Il savait aussi qu'elle avait été commandée par un diplomate turc, érotomane à ses heures, qui la conservait dans son cabinet de toilettes. Elle avait aussi connu toutes sortes de propriétaires, avait voyagé dans plusieurs pays d'Europe Centrale selon les aléas historiques pour finalement être acquise par Jacques Lacan, ce qui n'était pas pour déplaire à notre psychiatre Ledan.

Lui revenaient aussi en mémoire tous les cas semblables qu'il avait pu connaître ou dont on lui avait fait part. Quelques œuvres à Orsay, au Louvre ou d'autres musées parisiens ou encore ailleurs provoquent chez certains visiteurs des réactions curieuses. Quelques-uns perdent curieusement tout contrôle devant des œuvres belles, étranges ou dérangeantes. Ils peuvent être bouleversés au point de se sentir submergés par un flot d'émotions qui les conduit quasiment à sombrer et être déboussolés. Les collègues de Ledan et des spécialistes, depuis longtemps, évoquaient le « syndrome » de Stendhal. Henri Beyle, l'homme aux multiples pseudonymes, avait ressenti un trouble équivalent à Florence, ville si riche en œuvres d'art, l'émotion l'ayant submergé dans l'église de Sante Croce. Toutes sortes de recherches avaient été entamées sur cette question. Les spécialistes s'accordaient sur le fait que certaines personnes peuvent être déstabilisées devant des œuvres hors du commun. Ils semblent vivre une crise où leurs repères habituels disparaissent. Devant un cadre insolite ou inaccoutumé, les

mécanismes de défense et de protection s'évanouissent ;
ils subissent ce qu'on appelle une « décompensation psychique », se laissant aller à une confusion d'émotions et
de sentiments. Un orage affectif incontrôlable ! Voilà ce
qu'avait dû connaître le touriste qui s'était manifesté
dans la salle Courbet et qu'on faisait gentiment mijoter
dans le couloir d'à-côté.

Monsieur Takahaschi.

Le docteur Ledan reçut finalement le touriste responsable de l'esclandre devant « L'origine du Monde ». Mademoiselle Lepigois et Mathurin étaient présents. Le pauvre visiteur d'origine japonaise, Monsieur Takahaschi, ainsi s'appelait notre personnage, paraissait tout penaud, prostré et ratatiné. Le guide-interprète qui accompagnait son groupe pour un tour d'Europe traduisait au mieux ses propos. Il est vrai que la scène relevait d'un vrai tribunal avec Ledan comme juge, Mathurin comme procureur et Mademoiselle Lepigois comme greffière. Norbert Ledan lui rappela d'abord ses responsabilités. Il s'était laissé aller à des gestes inconsidérés. Il avait failli dégrader un chef d'œuvre de l'art français et international. Ledan chercha ensuite à faire parler son « inculpé » et à faire plus ample connaissance avec lui, non sans mal.

Il apprit d'abord par le guide-interprète que le groupe avait visité plusieurs villes d'Europe, Vienne, Amsterdam, Londres. Maintenant, c'était Paris où le groupe avait parcouru au pas de charge en deux jours Montmartre, Notre-Dame, le Louvre et enfin Orsay. Demain, Versailles était au programme. Et, ce devait être ensuite Venise et Rome avant le retour au pays ! Un programme chargé qui avait dû donner le tournis à ce pauvre Monsieur Takahaschi qui n'en finissait pas de se tasser sur lui-même. Quand il s'exprimait, il bredouillait dans un anglais confus des propos les plus extravagants ; il invoquait la fatigue, le voyage, la foule, Paris, Courbet et même sa propre mère … les choses se bousculaient en lui. En tout cas, il présentait dans un mauvais mélange franco-anglais ses mille excuses et « apologize » aux autorités françaises.

De toute évidence, Monsieur Takahaschi n'était pas ce « fada » comme Mademoiselle Lepigois et Mathurin l'avait présenté. C'est ce que se disait Ledan. Avait-il été victime du « syndrome » de Stendhal et de sa « décompensation psychique » ? Ledan n'en savait rien. Sans doute le programme de ses visites était-il trop chargé ? Il invita Monsieur Takahaschi, toujours aussi ratatiné, à se calmer et à retrouver ses esprits. Le musée ne lui en tenait pas rigueur. Il allait pouvoir rejoindre son groupe qui attendait tout éberlué dans les couloirs et retourner à son voyage express à travers l'Europe.

En toute fin d'après-midi, Ledan retrouva Mathurin avec un conservateur dans la salle Courbet. La question était de savoir s'il fallait prendre des mesures particulières après l'incident du touriste nippon. Fallait-il entourer la toile d'un élément protecteur, installer un système d'alarme plus performant ou une vitre, pourquoi pas ? Devait-on placer un gardien en permanence devant « l'origine du Monde » ? Ils se perdaient en conjectures de toutes sortes. Ledan rappela que les troubles d'un Monsieur Takahaschi restaient exceptionnels. Tous les trois conclurent que le musée d'Orsay ne pourrait jamais être totalement protégé de l'acte d'un déséquilibré ou d'un étourdi, qu'on ne pouvait pas et qu'il n'était même pas souhaitable de tout préserver.

Le musée se vidait petit à petit et les gardiens accompagnaient gentiment les derniers visiteurs vers la sortie. Ledan était resté dans cette salle Courbet. Il contemplait tranquillement « L'origine du Monde ». Cette toile avait quelque chose de troublant. Il le reconnaissait volontiers. Il faisait fi du scandale qu'elle avait pu provoquer ou qu'elle provoquait encore. A l'observer attentivement, il reconnaissait être lui-même bien troublé. Rien de pornographique dans cette toile. Une représentation réaliste du corps féminin, voilà ce qu'était cette œuvre ! Toutefois quelle présence ! A un moment donné, il eut l'impression que ce corps le regardait. Pourtant, il s'agissait d'une femme sans visage. C'était la féminité qui s'imposait devant lui, un monde autre que le sien et qui le déroutait. Il sentait ces cuisses, ce ventre prêt à se déplier et ce sexe féminin s'imposer dans toute sa superbe. Il paraissait tout dépourvu, fragile et faible, lui Ledan. Serait-il victime du curieux syndrome stendhalien ? Allait-il perdre ses repères et subir une « décompensation psychique » ? Il se devait de s'échapper rapidement de cette salle Courbet avant qu'il ne se retrouve comme M. Takahaschi tout penaud devant Mathurin et qu'il présente mille excuses et « apologize ».

Des statues mortes-vivantes.

Quelques jours plus tard de ce mois de mai, en fin de journée, Ledan fut à nouveau sollicité pour un cas voisin, presque semblable, cette fois-ci au Louvre.

Un touriste d'origine nordique s'était fait remarquer dans l'aile Richelieu. Devant « Les Trois Grâces » de Pradier, son comportement avait été des plus excessifs. Avec l'aide d'un ami, il avait pu se hisser à la hauteur des sculptures et il s'était fait prendre en photo, de multiples fois, sous des angles les plus différents. Avant que les gardiens n'interviennent, le touriste avait enlacé et palpé les formes rebondies de l'une des figures sculptées. Sur les photos prises par l'un de ses compagnons de voyage, l'on pouvait voir la face presque convulsionnée du visiteur entre les profils marmoréens des trois figures féminines, les mains sur les seins des « Trois Grâces ». La lascivité de ces statues avait dû certainement le tenter. Et sans l'intervention de plusieurs gardiens, on aurait pu, là aussi, imaginer le pire pour l'œuvre de Pradier.

Le docteur Norbert Ledan se rappelait de tous les épisodes semblables qui avaient pu être consignés. Au Louvre, il s'en passait d'ailleurs de drôles dans les salles des sculptures qu'elles soient françaises, italiennes ou romaines, surtout vers la fin de journée, au moment précédant la fermeture, entre chien et loup. Etait-ce la baisse de la luminosité, l'atmosphère lunaire de ces salles, ou la couleur grisâtre des marbres, ou encore les formes rebondies de certaines statues ? Toujours est-il que les gardiens signalaient fréquemment des cas étranges de visiteurs profondément fascinés par l'une ou l'autre de ces sculptures.

Lui revenait en mémoire ce que lui disaient fréquemment les gardiens des salles des Antiquités grecques, étrusques et romaines. Une œuvre semblait troubler profondément quelques visiteurs, « L'hermaphrodite endormie ». Elle faisait naître de curieux comportements chez certains. La sculpture date de l'époque hellénistique. Elle représente le fils d'Hermès et d'Aphrodite, bien nommé hermaphrodite. Le visiteur découvre, tout d'abord, les formes féminines du personnage, des formes amples, suggestives aux hanches si courbées et au fessier rebondi. La figure repose sur un matelas de marbre, imaginé par Le Bernin au XVII°. La pose lascive du personnage, cet ensemble molletonné, ses formes accentuées ... tout cela en trouble plus d'un. Et étonnante surprise, lorsque le visiteur fait le tour du modèle et découvre un attribut masculin. Etrange stupeur pour ceux qui voient cette œuvre pour la première fois ; les gardiens sont blasés mais ils s'amusent entre eux des réactions les plus variées qu'elle provoque, indignation, amusement, sourire égrillard, malice dans le regard   devant cette figure androgyne. Tous les gardiens disent qu'il est bien utile d'avoir placé une rambarde protectrice. Certains seraient bien tentés d'agir comme le jeune touriste nordique devant la sculpture de Pradier.

Une œuvre différente dans une autre salle connaissait également son lot d'aventures. C'était « Léda et le cygne », une sculpture du XVIII° de Jean Thierry. Elle figure une scène mythologique empruntée à Ovide où Léda, la reine de Sparte, est poursuivie par les assiduités de Jupiter. Pour arriver à ses fins, le dieu s'est métamorphosé en animal, un cygne pour pourvoir approcher la belle Léda. Et la statue montre l'enlacement tendre de la reine et du palmipède ; la tonalité érotique de la sculpture s'impose avec évidence au point que, là aussi, les gardiens avaient observé des comportements les plus étranges de certains visiteurs. Ils devaient être vigilants, ceux qui surveillaient cette salle !

On peut aimer une œuvre d'art mais, parfois, c'est à de véritables passions que les gardiens assistaient d'une manière impuissante. Une peinture séduit, plait à l'œil mais une statue, encore davantage ; elle peut fasciner un amateur et exercer sur lui un ascendant. A voir la façon dont certains tournaient autour des sculptures, l'œil tout attentif, à les scruter, à les jauger et prêts à les toucher. Et surtout en fin de journée, à l'heure où la lumière extérieure décline, où le crépuscule s'installe, les pulsions des uns et des autres se libèrent, vagabondent et explosent. Ledan avait compris qu'on peut tomber amoureux d'une sculpture, surtout à cette heure-là ! C'est à ce constat curieux qu'il était arrivé après plusieurs années d'exercice au Louvre et avoir écouté les témoignages des gardiens.

De ces statues, on peut également en avoir peur. Les gardiens racontaient aussi le cas de ceux qui, à la tombée du soir, parcouraient les mêmes salles d'un air terrorisé. Etait-ce l'arrivée de la nuit, l'ambiance toujours étrange du crépuscule qui favorisait ce climat d'anxiété ? On voyait parfois, c'est ce que racontaient les surveillants, des visiteurs tétanisés, blêmes, titubants de crainte entre les colonnes et les socles de marbre. Ils semblaient ne demander qu'une chose : où est la sortie et où se trouvent des salles plus rassurantes ?

Quelques surveillants, de même, avaient dû être déplacés ; ils ne supportaient pas, surtout en fin de service, leur présence continuelle au milieu de ces sculptures qui semblaient, disaient-ils, les observer, les regarder, voire les menacer. Tout cela était des plus étonnants et le docteur Ledan ainsi que la Direction du musée avaient dû s'adapter et s'étaient familiarisés, malgré tout, avec ces rares et étranges comportements. Entre les amoureux des statues et ceux qui les voyaient comme des criminelles en puissance, des mortes-vivantes, on pouvait recenser des cas de figures les plus variés et les plus étonnants.

Le marbre chaud.

Pour le docteur Ledan, le jeune touriste nordique surpris avec « Les Trois Grâces » qui se nommait Saülestroem avait voulu simplement s'amuser. Tout cela n'était pas bien méchant. Comme dans l'épisode avec Monsieur Takahaschi, une simple réprimande et un rappel de ce que l'on attend des visiteurs suffisaient dans ces circonstances. Norbert Ledan avait bien compris que les salles de sculpture peuvent être troublantes et cela aux heures tardives du musée. Cette idée, au fond de lui, ne faisait que se renforcer. Fallait-il en tirer une théorie générale ? Seuls quelques sujets pouvaient être touchés. Peut-être leur histoire personnelle expliquait-elle ce phénomène ? Des recherches devraient être faites en ce sens, se disait-il.

Avant de quitter le Louvre, Ledan fit un tour dans la salle des « Trois Grâces » et le docteur se laissa aller à contempler la sculpture. Il avait le temps, ce soir-là, le musée faisait nocturne. C'était évident que cette œuvre avait quelque chose de fascinant. Ces figures féminines respiraient la sensualité. En lisant les indications au pied de l'œuvre, Norbert Ledan apprit que ces Trois Grâces étaient des Hespérides, les filles du crépuscule, du couchant. On les nommait Euphrosyne, Thalie et Aglaé et elles incarnaient respectivement l'allégresse, l'abondance et la splendeur. Il était évident qu'il y avait en elles de la vitalité. Une étrange vigueur ! Peut-être semblable à celle que l'on ressent en fin de journée ou en début de soirée, comme la promesse de bons moments. C'est bien cela qu'elles semblaient incarner : la vitalité du soir, la douce griserie vespérale, l'appel de la nuit, sa surexcitation dionysiaque !

Curieusement, Ledan avait l'impression que les trois modèles, à la manière de « L'origine du Monde », le scrutaient, là aussi, d'une manière étrange. Il se sentait touché, également sidéré au plus profond de lui-même par les yeux des jeunes femmes. Avec leurs visages enfantins, presque innocents, elles semblaient apostropher Ledan ; leurs regards avaient quelque chose d'ingénu, mais en même temps, le médecin sentait une légère nuance aguicheuse. Allait-il, lui-même, là encore, succomber au charme de cette œuvre, à l'attrait de ces marbres ? Là aussi, il fallait qu'il s'éclipse, au plus vite, de cette salle. Serait-il également victime du syndrome qu'il avait reconnu chez le jeune Saülestroem et chez Monsieur Takahaschi ? C'était la deuxième alerte pour lui.

Entre chien et loup.

Il était tard. Son service se terminait. Il verrait demain avec un peu de recul toute cette histoire bien étrange. Il traversait maintenant le jardin du Carrousel aux Tuileries. Il allait rejoindre le quartier tout proche où il habitait. Une promenade ne lui ferait pas de mal. Le jour avait presque disparu, la nuit s'installait. Il faisait comme l'on dit « entre chien et loup ». Le docteur Ledan aimait bien cette atmosphère, tout en douceur, pleine de nuances : il se disait que « le » jour a quelque chose de masculin et que « la » nuit est féminine ; le lexique le dit bien et le genre des mots ou leur sexe est loin d'être innocent. Et dans cette atmosphère où la féminité nocturne s'installait, il se mit à longer les sculptures en plein air du jardin. C'est là que quelques sculptures de Maillol sont installées. Il ne put évidemment s'empêcher de penser au jeune Saülestroem. Ces statues de Maillol avaient bien un « je ne sais quoi » de séduisant, il le reconnaissait volontiers. L'atmosphère crépusculaire accentuait d'ailleurs leurs formes féminines, déjà bien rebondies par l'audace du sculpteur. Il passa devant « Venus » si sensuelle, la « Baigneuse se coiffant » toute en formes alanguies, la « Nuit » évidemment une femme toute en rondeur … et « Les Trois Nymphes ». Décidemment, il n'échapperait pas aujourd'hui à cette œuvre. C'était un nouveau rendez-vous qu'il avait avec ces « Trois Grâces ». Il ne put s'empêcher de s'arrêter devant l'œuvre ; elle trônait là devant lui, à quelques mètres, au milieu de la pelouse.

Les Trois Nymphes (1930) Maillol

Et, il sentait naître en lui une étrange métamorphose. Ces trois femmes offraient leur nudité et leurs atours sans la moindre gêne. Il s'avouait perturbé, attiré par ces figures de bronze, aux seins lourds, aux épaules rebondies, aux hanches musicales telle une lyre et au ventre déplié. Sous la lumière étrange de la nuit, elles semblaient libres, épanouies, aguicheuses, sensuelles presque lubriques. En son for intérieur, Norbert ressentait une mystérieuse griserie, faite d'élan mais aussi d'effroi.

Dans cet entre-deux, lumière et ombre, enthousiasme et terreur, le docteur Ledan approchait au plus près du mystère de toute œuvre d'art. Il ressentait comme une intuition intense, à cette heure tardive, que le matériau le plus froid, le bronze ou encore le marbre peut devenir chaud, étouffant, brulant de passion.

Le soir même, la nuit étant tombée sur Paris, alors qu'il rejoignait sa compagne et que plus tard dans la soirée, ils s'échangeaient quelques délicates caresses, les images les plus sensuelles virevoltaient chez Norbert Ledan. C'est bien à sa compagne qu'il manifestait sa tendresse, mais les formes de « L'origine du Monde », celles d'Euphrosyne, d'Aglaé, de Thalie, des Trois Grâces et encore celles de Maillol avec leurs opulentes apparences semblaient danser entre la jeune femme et lui. Il y avait de quoi avoir le tournis !

Chapitre 2 :

voyage en Italie. Florence.

Sainte Cécile à Bologne

Comment résumer une ville et surtout une ville italienne ? Une légèreté de l'air, des couleurs joyeuses, le rouge des tuiles, l'ocre et le jaune des façades, la fraicheur sombre et accueillante des arcades ainsi qu'une élégance qui flotte dans les rues. Surtout quelque chose de théâtral, une sorte de comédie primesautière. Une ville en Italie n'accède-t-elle pas immanquablement au statut d'une œuvre d'art ? On peut raisonnablement se le demander.

On était quelques semaines plus tard, le docteur Norbert Ledan était en Italie. Il devait participer à un colloque à Florence sur ce qu'on appelle « le syndrome de Stendhal ». Il souhaitait, tout d'abord, passer quelques jours à Bologne avec sa compagne, histoire de goûter la beauté de cette ville et de sa lumière. Il rejoindrait ensuite seul Florence. L'idée lui était venue de suivre une partie du voyage de Stendhal en Italie, colloque oblige. Comme certains se coulent dans les pas d'écrivains voyageurs comme Stevenson dans les Cévennes, ou encore d'autres qui retrouvent les traces millénaires vers Compostelle, lui souhaitait faire un bout de chemin sous l'autorité de l'auteur de « Rome, Naples et Florence ». Un tel livre à la main installait une distance et stimulait le regard du voyageur d'aujourd'hui. Les modèles, il faut aller les prendre dans une autre époque. On y découvre des possibilités créatrices, un regard nouveau. L'histoire est ainsi faite qu'elle ouvre des brèches dans nos habitudes. Même si Stendhal ne souhaitait surtout pas imposer à ses lecteurs « un plan de conduite aux voyageurs », c'est « chacun pour soi dans ce genre », écrivait-il, il n'en reste pas moins que se frotter à l'esprit du plus italien des écrivains français ne pouvait être que vivifiant.

Stendhal rapporte qu'il allait voir tous les jours, à Bologne, la « Sainte Cécile » de Raphaël au musée de la ville. Pour Ledan, c'était un passage obligé. Loin des foules touristiques qu'il connaissait à Orsay et au Louvre et qui l'attendaient à Florence, l'idée lui vint d'aller voir cette « Sainte Cécile ». A la Pinacothèque, le chemin était balisé vers le tableau. L'œuvre lui parut curieuse. « L'extase de Sainte Cécile » n'invite pas particulièrement à « l'extase », à sortir hors de soi, si l'on se réfère à l'étymologie. On était loin du ravissement qu'avaient pu ressentir Monsieur Takahaschi, le touriste japonais ou le jeune Saülestroem. On se sent plutôt, devant ce tableau sans perspective, poussé à l'analyse ; des personnages sur un même plan, la sainte au milieu et tout autour des figures sanctifiées, l'épistolier Paul, l'apôtre Jean, l'évêque-philosophe Augustin et enfin Marie-Madeleine, la seule qui interroge et fouille de son regard intense le spectateur.

Une œuvre platonicienne, se disait Norbert. Etrangement, Cécile, la patronne de la musique néglige les instruments musicaux d'ici-bas ; un orgue personnel se délite dans ses mains et, à ses pieds, des cithares, des flutes, des violons brisés. En revanche, le visage aux yeux globuleux de la sainte est en émoi à l'écoute d'une musique céleste, un cœur d'anges qui habille le haut du tableau. Comme toujours, chez Raphaël, on ressentait quelque chose de vigoureux, de fort et en même temps une grâce fragile. Ledan comprenait pourquoi Stendhal venait la voir tous les jours.

Au sortir de la Pinacothèque, Ledan fut abordé par un jeune Africain. Il aimait bien la France et les Français, disait-il ; il avait un cousin à Paris, dans le 18ème, peut-être le rejoindrait-il ? Toujours est-il qu'il vendait quelques babioles. Des colliers tressés quelques bijoux fantaisie. Il en offrit un à Ledan. Ils échangèrent quelques mots. Pour Norbert, c'était l'Italie d'aujourd'hui avec ses migrants qui l'interpellait ainsi après l'épisode de la « Sainte Cécile ». Il erra un peu ensuite dans les rues avoisinantes mais son esprit était sombre. N'était-ce pas vanité que de trouver plaisir devant une œuvre d'art alors que d'autres courent après le minimum vital ? Il se ressentait comme un héros stendhalien, Fabrice del Dongo ou Julien Sorel, passant si facilement de la légèreté à la gravité, de l'euphorie à l'abattement.

Sainte Cécile (1514) Raphaël

Les maléfices de Pietramala

Sa compagne de retour sur Paris, Ledan loua une voiture pour rejoindre Florence. Il quitta rapidement l'autoroute pour suivre une vallée encaissée qui traverse l'Apennin. Les villages se succédaient, Piatoro, Guzzano, Sabbioni, Filigare sur cette strada provinciale. La SP65, une voie étroite mais roulante qui épousait le relief chaotique. De brusques montées, de courtes descentes et des virages accentués. Les hameaux un peu perdus défilaient à la suite les uns des autres, mais presque tous regroupés autour de quelques commerces, une épicerie dépôt de pain, un salon de coiffure, une station d'essence. Bref, c'était la campagne profonde italienne qui levait un peu de son voile. Insensiblement, il passait de l'Emilie-Romagne à la Toscane. Ledan pensait à Machiavel qui avait vécu sur ces terres et les avait aimées. Un bon prince, c'est celui qui connait son territoire, écrivait le philosophe renaissant, le fréquente assidument, l'observe et imagine ce qu'il ferait dans une situation guerrière devant tel vallon ou telle combe du relief. Il imaginait que tous ces paysages qu'il traversait avaient été contemplé par Nicolas Machiavel ou Laurent de Médicis. Voyager en Italie, c'est immanquablement se couler dans les pas d'un grand homme. Machiavel, les Médicis ou Henri Beyle et son double Stendhal, tous l'accompagnaient sur cette petite route.

Il fit une petite halte à Pietramala. Il se souvint d'une anecdote rapportée dans le « Rome, Naples et Florence » de Stendhal. Là, on lui raconta une histoire à faire froid dans le dos. Au temps de l'écrivain, Pietramala accueillait de rares voyageurs prêts à s'aventurer par là. Quand arrivait la nuit, il leur fallait bien trouver refuge. Et, quelques années auparavant, on avait signalé plusieurs disparitions. Une maison un peu isolée faisait office d'auberge. Mais une sorte d'auberge rouge ! On y accueillait les voyageurs isolés, on leur promettait nourriture et gite. Mais pour cela, la vieille tenancière indiquait qu'il fallait demander des draps propres au curé du hameau voisin. Ces draps n'arrivaient jamais. Mais, au beau milieu de la nuit, prévenue par cette demande de la tenancière, c'était une bande malfaisante qui venait détrousser les voyageurs de leurs biens précieux. Et jamais, on ne retrouvait leurs corps. Ce fut un couple méfiant qui déjoua ce stratagème maléfique.

Plus rien de tout cela dans le Pietramala d'aujourd'hui. C'est une bourgade tranquille dont Ledan parcourut les rues étroites. Une petite ville de moyenne montagne avec ses maisons repliées sur elles. Pas vraiment encore la Toscane, mais une atmosphère secrète, mystérieuse qui planait çà et là. Peut-être, était-ce le souvenir de cette auberge rouge qui influençait Ledan, ou simplement le cadre montagnard et isolé du village ?

Quelques heures plus tard, loin de Pietramala et de ces maléfices, et après avoir louvoyé à travers des gorges obscures et profondes, il aborda les hauteurs de Fiesole. De là-haut, la vue sur Florence est lumineuse. Après la noirceur de l'Apennin, la ville lui apparut dans toute sa clarté cristalline. Une ample mer ocre d'où émergeaient, çà et là, les campaniles des églises, les façades des palais et surtout l'imposant Dôme de Santa Maria del Fiore.

Il se disait, comme Stendhal le note, que là avaient vécu des figures hors du commun, de grands génies de l'humanité, Dante, Machiavel ou encore Michel-Ange. La ville avait foisonné à un moment de l'histoire. Art, science, philosophie, politique, tout cela y avait vibré avec intensité. La ressentir ainsi de loin et sur un môle, toujours grouillante, palpitante de vie et de finesse, faisait naître en lui une étrange émotion faite d'harmonie et de proximité avec ce que l'humanité avait produit de mieux.

Ledan n'en finissait pas de goûter cette vue aérienne de la ville. Il serait bien resté là des heures. Ainsi en va-t-il souvent de ces perspectives élevées d'où une cité se dévoile. On se laisse facilement envouter par un tel spectacle. Et pour Ledan, la féminité de la cité lui apparaissait également avec évidence. Fragilité et force, élégance et mystère, raffinement et légèreté, tout cela transparaissait de cette terrasse de Fiesole. Il se rappelait plusieurs jeunes femmes prénommées Florence qu'il avait pu croiser dans sa vie. Un tel prénom devait être lourd à porter. Comment prétendre égaler la beauté simple et secrète de cette ville ?

La mariée de Botticelli

Il amorça sa descente sur la ville et suivit les quelques lacets qui séparent Fiesole de Florence. Le colloque auquel il devait participer devait commencer le lendemain matin. Il retrouverait Gabriella, son organisatrice qu'il connaissait depuis longtemps et plusieurs spécialistes venus des principales villes européennes. Mais pour l'heure, il souhaitait s'accorder quelques moments pour se familiariser à nouveau avec la ville. Le pèlerinage stendhalien se poursuivait.

Ledan se promena dans les ruelles. Il erra autour du Dôme dans une cité déjà maintes fois visitée et arpentée. Mais, pour lui, une ville plus rêvée et imaginée se substituait à celle qu'il parcourait maintenant. Florence restait comme une princesse lointaine qu'on désire ardemment, une maîtresse qu'il retrouvait de temps à autre et dont les retrouvailles à chaque fois faisaient naître en lui une impression étrange de familiarité distante. Une sorte de « déjà vu » qui s'impose et dont les saveurs enivrent. Par-delà les touristes, quelque peu débraillés, en shorts, bardés de sacs à dos, d'appareils photos, un guide à la main, il se frayait un chemin. Ledan trouvait surtout plaisir à côtoyer à nouveau l'élégance toscane de certains passants et leur langue à l'accent si particulier, rugueux et raffiné.

Il comptait se rendre à l'église de Santa Croce, haut lieu stendhalien. C'est là que l'écrivain avait ressenti son étrange malaise devant la profusion des œuvres, sculptures ou fresques. A la veille du colloque, il ne pouvait manquer cette visite. Mais, proche du Palazzo Vecchio, Ledan croisa un mariage, un groupe joyeux babillant autour de la mariée que tous félicitaient. Une mariée habillée en vert et à l'élégance toute florentine en formait le centre. Elle faisait l'objet de toutes les attentions. La figure de cette jeune femme resplendissait, cheveux noir ébène, yeux verts pétillants, ovale du visage. Sa robe verte éclatante portait la nuance de l'une des couleurs du drapeau italien. C'était vraiment l'italianité quelle exprimait, cette jeune femme heureuse ! Pour Ledan, elle semblait sortie non de la mairie mais d'un tableau de la galerie des Offices, tout près de là. Il y avait en elle du Raphaël ou du Botticelli, un charme et un mystère. Elle promenait en tout cas l'insolence de la beauté, celle d'une œuvre d'art incarnée, égarée là au milieu des touristes.

Et Norbert Ledan se demandait d'où venait finalement notre expérience de la beauté. N'est-elle pas d'abord dans les choses, les paysages ou les personnes ? On pourrait le croire. Mais pour l'apprécier, ne faut-il pas avoir un regard que les artistes nous ont affiné ? C'est la fréquentation des grands créateurs qui nous apprennent à voir l'ovale d'un visage, son harmonie, sa grâce. Sans Raphaël et Botticelli, le charme du quotidien nous échapperait. Il se souvint d'une phrase de Valery qui disait à peu près ceci : la beauté n'est pas dans la chose regardée, mais dans le regard.

Santa Croce, haut lieu stendhalien

Pendant qu'il méditait à tout cela, ses pas le conduisirent devant l'église de Santa Croce. Elle s'imposait devant Ledan avec sa façade éblouissante de blancheur. Il se disait, avant d'entrer, qu'il allait peut-être saisir ici ce qui avait fait chavirer Stendhal et dans une autre mesure, Monsieur Takahaschi et le jeune Saülestroem. Il se mêla à la foule des visiteurs. Il fit la queue avec eux, il lui fallut subir le babillage des touristes, des odeurs de transpiration et de crème solaire, son entrain retombait quelque peu. Mais, il allait être enfin libre dans cette basilique et se laisser guider à loisir.

Dans la nef, il longea les tombeaux des grands morts. Un cimetière de personnalités qui, à un moment ou un autre, avaient infléchi le cours des choses. Tous alignés là, ou pour certains logés dans un coin secret. Là reposaient Galilée, Machiavel, Michel-Ange, Rossini, le poète Alfieri et bien d'autres, ainsi que le cénotaphe de Dante. Il y avait de quoi faire chavirer la tête. Allait-il tituber ? Il se rappelait un passage de Paul Valery racontant sa visite dans un musée. Le poète se comparait à un ivrogne, grisé par l'abondance des œuvres, chancelant de l'une à l'autre. Peut-être était-ce cela le tourment stendhalien ? Côtoyer la proximité de grands talents, subir une avalanche de chefs-d'œuvre, fréquenter le voisinage du sublime, s'en imprégner au point de perdre ses repères.

Pour Ledan, c'était plutôt la bousculade de la foule qui risquait de le faire vaciller. Un touriste passa devant lui pour aller photographier au plus près une épitaphe, un deuxième pointait du doigt avec force exclamations un détail sculptural. Un autre semblait vérifier si ce qui était inscrit correspondait bien au guide qu'il avait entre les mains. Quelques-uns défilaient à toute allure et interpellaient sans vergogne des amis un peu éloignés qui devaient trainer. Là se trouvaient la tombe d'un tel, celle de tel autre, s'exclamaient-ils ! Ledan se voyait au milieu d'un charivari qui tenait de la basse-cour ou d'un hall de gare. De temps à autre, passait un gardien invitant au silence « Fate silenzio » répétait-il sans cesse, mais le caquetage reprenait de plus belle dès qu'il s'éloignait.

Ledan comptait rejoindre la chapelle Niccolini, celle où Stendhal avait connu son fameux malaise esthétique. C'est là que se trouvaient les fresques de Volterrano (Baldassarre Franceschini dit le Volterrano) qui avaient été presque fatales pour l'écrivain. Elles représentaient le couronnement de la vierge entourée de sibylles, des prophétesses, sortes de figures angéliques. Stendhal rapporte le « battement de cœur » qui fut le sien. Il parle même « d'extase » ressentie devant ces œuvres sublimes où le céleste et le passionné se rencontrent. Mais cruelle désillusion pour Ledan. La chapelle était petite, camouflée dans un coin extrême de la basilique et … fermée pour cause de restauration par une imposante bâche. Dans son récit, Stendhal rapporte avoir été conduit par un moine, à l'apparence plutôt négligée mais dont il apprécia malgré tout la prévenance. Mais, pour Ledan, les portes étaient closes, l'accès interdit et pas de moine pour le guider. Un fiasco !

Finalement, Ledan se tourna vers une autre chapelle, plus connue et indiquée dans tous les guides, la chapelle Bardi. Il allait à nouveau subir la proximité des touristes, mais peu importait. Il lui fallut se frayer un chemin pour la rejoindre, au milieu des visiteurs toujours aussi braillards. Cette chapelle, il la connaissait bien. Elle porte des fresques de Giotto sur la vie de saint François d'Assise, une véritable bande dessinée avec tous les moments majeurs du personnage. Ledan ne pouvait qu'admirer la finesse des dessins, la vie étonnante des scènes représentées. D'une manière amusante, il se rappela que ces fresques avaient été commandées par un banquier, Bardi, pour représenter un saint comme saint François, si détaché des biens matériels. Il se disait également que cette chapelle n'était pas connu de Stendhal ; elle n'avait été découverte que tardivement sous une couche d'enduit ; à l'époque de la visite stendhalienne, elle était recouverte de plâtre. Mais, là au moins il retrouvait quelques repères, il avait son moine, la beauté des traits de Giotto et la présence diffuse de Stendhal.

Mais, après cette visite qui tenait du pèlerinage, Ledan était plutôt désabusé. Il sortit de l'église et s'installa sur un banc de la place. Stendhal avait fait de même après l'étourdissement qu'il avait connu. Mais, pour Norbert Ledan, la question le taraudait toujours, depuis ses observations parisiennes avec Monsieur Takahaschi et Saülestroem, et ici au sortir de Santa Croce, dans ce haut lieu stendhalien : comment peut-on être subjugué par une œuvre d'art ? Comment peut-on, il osait cette expression, en tomber amoureux ? Pourquoi est-ce impossible d'être indifférent devant une œuvre majeure ? Le colloque qui s'annonçait allait peut-être lui donner des réponses.

Gabriella

Le soir même, un diner rassemblait les principaux participants à ce colloque. Gabriella qui occupait la fonction de maitre de conférences en esthétique à l'université de Florence était à l'origine de ce colloque. Ledan l'avait rencontrée plusieurs fois à Paris et ils avaient échangé sur leurs recherches à propos du « syndrome de Stendhal ». Ledan appréciait cette jeune femme. Mais comment fallait-il l'appeler : « maitre de conférences » ou « maitresse de conférences » ? La deuxième expression ne lui convenait guère. Elle faisait penser aux maitresses d'école, ou pire à une maitresse tout court. Ils se prénommaient, l'un et l'autre et la chose était réglée. Mais, Gabriella était bien une maitresse-femme. Sa personnalité était forte, elle avait du caractère, un charme évident et une étrange voix rauque qui la faisait s'imposer naturellement. Elle aussi semblait sortie d'un tableau, celui d'un renaissant, du Bronzino dont les portraits disent le secret, la profondeur et la joie triste ; il y avait tout cela en elle. Norbert Ledan ne se l'avouait pas, mais il se serait bien laisser prendre dans la toile de cette jeune femme.

Ce soir-là, Gabriella joua la maitresse de maison et présenta les différents intervenants du lendemain. Il y avait là certains de ses collègues italiens spécialistes comme elle des voyages de Stendhal en Italie et de son fameux tourment. L'un enseignait à Bologne, un autre à

Rome et un dernier, tout comme Ledan, médecin psychiatre, assurait un poste dans les musées napolitains. D'autres spécialistes étrangers avaient fait le voyage, là aussi ; presque toutes les capitales européennes étaient représentées. Tous ces personnages les plus divers formaient une véritable comédie humaine. Du « m'as-tu-vu » au grand timide, de l'original au passe-partout, du jeune universitaire qui découvrait ce qu'était un colloque jusqu'à celui qui était rodé à ce type d'exercice. Il y avait même un étrange personnage, doyen d'une vague université nordique qui faisait valoir sans cesse son titre. On l'entendait répéter à tout un chacun qu'il était « doyen » de son université et cela dans toutes les langues. Pour ceux qui maitrisaient l'anglais, il leur répétait qu'il était « Dean ». A un allemand, au cas où il n'aurait pas compris, il précisa « Dekan ». Et Gabriella s'amusait de cette figure, tout en fatuité et suffisance, dont toute phrase commençait par « Moi, je … ». Elle le présenta comme « Preside di faculta ». Il en parut tout ravi !

Le syndrome de Stendhal décortiqué.

Le colloque débuta le lendemain matin et devait durer toute la journée. Gabriella avait obtenu de l'université de Florence une salle qui jouxte le musée de l'histoire de la Toscane, une salle rare et belle. Avec son plafond peint d'angelots et de figures séraphiques, elle respirait une élégance digne du Quattrocento. L'intitulé du colloque, comme souvent, s'écrivait d'une manière pompeuse : « Parler de l'œuvre d'art avec Stendhal ». Et le public nombreux électrisait cette salle de conférence. Gabriella prit la parole la première. Les sonorités chantantes de la langue italienne ondulant sur les voutes donnaient une atmosphère toute en légèreté. Elles semblaient en harmonie avec cette salle imprégnée de l'esprit de la Renaissance. Gabriella fit une large introduction. Elle rappela ce que l'on entend par le « syndrome » de Stendhal. Certaines personnes peuvent être subjuguées par une œuvre d'art. Cela se traduit physiquement, le cœur qui s'emballe, les mains moites, une impression de chavirement, de pertes de repères, parfois une crise de panique, un abattement profond ou une euphorie grisante. De tels cas, somme toute rares, s'observent dans des villes d'art, comme ici à Florence, où Stendhal a connu et décrit de semblables impressions. Elle présenta ensuite les différents intervenants et les problématiques qui allaient être abordées, en disant un mot pour chacune. Après son intervention, tout semblait déjà clair et les spécialistes qui suivirent ne firent d'ailleurs qu'amplifier sa synthèse.

Le premier, un psychanalyste, souligna les tourments psychiques enfouis profondément chez la plupart des sujets qu'il avait étudiés. L'œuvre d'art qui les troublait, devait, selon lui, réveiller leur érotisme en sommeil et redonner vie à des souvenirs de prime enfance. Le suivant invita à relire un autre ouvrage de Stendhal « De l'Amour ». La clef du « syndrome », selon lui, y était présente. Ceux qui en étaient victimes suivaient les étapes de la passion que Stendhal avait décrites, « étonnement », « surprise », « embellissement » et « cristallisation ». Les sujets se laissaient aller à une idéalisation excessive de l'œuvre. Un troisième asséna toutes sortes de statistiques, définissant l'âge moyen des victimes (entre 30 et 40 ans), des étrangers qui fantasmaient les hauts lieux culturels, Japonais à Paris, Français en Italie. Le contact avec ces œuvres qu'ils connaissaient depuis longtemps entrainaient un choc affectif et une étonnante fragilité. Les Italiens familiers de ces lieux culturels en réchappaient, selon lui.

Un quatrième, un sociologue qui n'en finissait pas de citer Bourdieu, expliqua que ne sont touchés que les privilégiés. Pour reprendre une formule stendhalienne, le « syndrome » affectait « the happy few », ceux qui ont accès à la culture artistique. Puis, vint le tour du doyen de l'université du nord de l'Europe. Il se mit à évoquer ses propres souvenirs, ses nombreuses visites à Florence. Il raconta sa première visite au musée des Offices ; il était seul, ce jour-là, tout seul devant toutes ces œuvres d'art. Elles étaient là devant lui, uniquement pour lui. Un vrai bonheur ! A l'entendre, il se prenait visiblement pour Stendhal, et son discours étaient ponctué de force « Moi, je … ». Un autre intervenant fit rire l'assemblée ; selon lui, le chavirement vécu lors du « syndrome de Stendhal » avait des composantes sexuelles évidentes. C'est un étrange orgasme sans préliminaires que vivaient tous ces malades.

Enfin, ce fut au tour du docteur Ledan de venir au pupitre. Dans sa communication, il se contenta de souligner le caractère déstabilisé de la plupart des cas qu'il avait observés. Il raconta son expérience à Orsay et au Louvre, la mésaventure de Monsieur Takahaschi, son désarroi, son balbutiement, son sentiment d'élève puni, ce qui fit sourire le public ainsi que celui du jeune Saülestroem, ce qui chagrina le doyen de l'université nordique. Il se garda bien d'évoquer le penchant qu'il avait, lui-même, ressenti devant « L'origine du Monde » ou les trois Grâces. Il aurait été mal venu que lui, le médecin se présente comme un patient à étudier.

La conclusion de Gabriella se fit dans la bonne humeur. Elle souligna la diversité et la richesse de ce phénomène. Elle invita les participants ainsi que le public à la mesure, et à être vigilant lors de leurs visites de la cinquantaine de musées de Florence. Attention à ne pas être victime de ce syndrome ! Quand Ledan prit congé, il salua les différents participants, échangea avec quelques-uns et parla plus longuement avec Gabriella dont le sourire triste semblait toujours échappé d'un tableau du Bronzino.

Chapitre 3 Voyage en Italie (suite). Rome et Naples

L'autoroute du soleil

L'un des participants au colloque qui officiait à Naples avait invité Ledan à passer quelques jours dans sa ville. Il s'appelait Fabrizio. Tout comme Ledan il exerçait dans un hôpital public et assurait des présences régulières dans les différents musées napolitains et aux alentours. Norbert Ledan le connaissait depuis plusieurs années. Il s'entendait bien avec lui et ils avaient déjà échangé à de nombreuses reprises sur les cas presque communs qu'ils avaient pu observer, l'un et l'autre. Comme Ledan disposait de temps avant de rentrer sur Paris, l'occasion était parfaite pour s'imprégner encore davantage de ce pays qu'il aimait tant. Le voyage en Italie se poursuivait. Il suffisait de parcourir quelques dizaines de kilomètres pour atteindre Rome, puis au-delà rejoindre Naples. « Rome, Naples et Florence », c'était décidément dans les pas de Stendhal que Ledan marchait.

En empruntant « l'autostrada del Sole », même si le parcours était des plus contemporains, Ledan avait l'impression de suivre son tour d'Italie comme on le faisait traditionnellement. Parcours obligé au XIXème pour les artistes ou esthètes que de voyager ainsi en Italie, d'aller de ville en ville, de musée en musée. Et cheminement initiatique pour celui qui poursuivait une telle quête de la beauté. Ledan, l'esthète médecin, avait l'impression de voyager avec tous ces illustres prédécesseurs même s'il roulait sur une banale autoroute. Comme il le ressentait souvent, il lui semblait former un étrange trio, l'Italie, lui et les fantômes du passé.

Il quitta la Toscane, laissa Sienne sur la droite, frôla sur la gauche le lac Trasimène, un peu plus loin le lac de Bolsena, Orvieto, Viterbe. L'Ombrie puis le Latium se déroulaient sous ses yeux. Un paysage là encore digne d'un tableau fait de sérénité d'harmonie. Sa voiture filait droit avec une rectitude quasi géométrique. Etait-ce la fluidité du parcours, l'engourdissement de la route, la paix des paysages traversés, le soleil et la chaleur qui embrumaient son cerveau, toujours est-il que Ledan était pris d'une étrange « euphorie » ? Comme le dit l'étymologie du mot, il se portait bien.

Il avait l'impression de voir de la beauté partout, même sur cet asphalte sur lequel il glissait. On ne s'extasie pas habituellement sur le cadre d'une autoroute. Pourtant pour Ledan, cette « autostrada del Sole » incarnait une forme évidente de beauté. Sa linéarité, ses imperceptibles et impeccables courbes, le fil continu des protections métalliques, les lignes tracées au sol en pointillé, discontinues ou grasses, tout cela en perpétuel mouvement faisait naître en lui un sentiment étrange de calme, de sérénité et d'apaisement. Il se voyait comme à l'intérieur d'un tableau, ceux des Renaissants comme Francesco Di Giorgio Martini ou Luciano Laurana, lorsqu'ils envisageaient une cité idéale et utopique. Une atmosphère sans aspérités, lisse et incarnant une étrange perfection froide. L'autoroute paraissait en accord avec le paysage, à son échelle. Devant lui, du plus loin où son regard pouvait le conduire, il la voyait cette autoroute poursuivre son cheminement ou légèrement épouser un coude d'une colline et s'y perdre au-delà. On emploie souvent l'image du « ruban » pour décrire le déroulé d'une voie autoroutière. On juge cette image comme un banal cliché. Pourtant, il y aurait tant à dire sur la finesse de ces lieux de l'industrie humaine que l'on juge si impersonnels. On tourne trop souvent le dos à ces productions techniques dont on ne sait pas admirer la poésie et la forme épurée. S'il y avait du ruban dans cette autoroute, elle paraissait comme un liseré délicat, un tissu travaillé, une faveur colorée et féminine, un ouvrage de couture ou encore comme une bande fragile de soie, une sorte de « suivez-moi, jeune-homme » suranné et terriblement d'aujourd'hui, avec sa promesse de bonheur.

La Cité Idéale. (1475)   Francesco di Giorgio Martini.

Les souvenirs romains.

Cette autoroute que Ledan empruntait, l'A1, ba-
lafre le pays du Nord au Sud. Son parcours relève d'une
ligne droite quasi absolue. Elle incarne la modernité et
reflète l'organisation technique du territoire italien. Pourtant Ledan savait qu'elle était parallèle aux anciennes
voies romaines. Entre Florence et Rome, l'A1 suivait
l'antique Via Cassia et au-delà la Via Latina. L'autoroute
est moderne et fonctionnelle, néanmoins la présence de la
référence romaine reste toujours palpable pour peu que
l'imagination du voyageur travaille.

Et il ne suffisait pas d'imaginer. De temps à
autres, se laissaient voir des souvenirs de l'époque romaine. Quelques morceaux d'aqueducs entraperçus, des
pans de murs délabrés qui tenaient encore debout après
deux millénaires. Et puis, le Tibre plusieurs fois enjambé
par cette « autostrada del Sole » ! Tous les chemins mè-
nent à Rome, on le sait. Mais c'étaient les souvenirs romains qui s'invitaient et accueillaient Norbert Ledan, en
longeant le chemin d'une manière éparpillée.

Ces souvenirs romains, ils semblaient lui faire
signe, là-bas au creux d'un vallon ou adossés le long
d'une colline ondulée. Norbert entamait un étrange dialogue avec eux en se laissant aller à cette poétique des
ruines. Engourdi par la route mais aussi salué par ces

édifices affligés par le temps, il poursuivait sa route. Le soir même, il se replongea dans son guide « Rome, Naples et Florence », là où Stendhal évoque les monuments en ruine de la campagne romaine :

« Admirable solitude de la campagne de Rome ; effet étrange des ruines au milieu de ce silence immense, écrivait-il. Comment décrire une telle sensation ? J'ai eu trois heures de l'émotion la plus singulière : le respect y entrait pour beaucoup … J'ai fait arrêter la calèche pour lire deux ou trois inscriptions romaines. Il y a quelque chose de naïf et badaud dans mon respect passionné pour une inscription vraiment antique. Il me semble que je me mettrais à genoux pour lire avec plus de plaisir une inscription vraiment gravée par les romains … J'y trouverais un grandiose qui pendant huit jours fournirait matière à mes rêveries ; j'en aimerais jusqu'à la forme des lettres. Rien ne me révolte comme une inscription moderne. »

Que de choses dans ces quelques lignes, le respect passionné d'un homme amoureux du moindre souvenir de l'antiquité, son intérêt presque enfantin, prêt à se mettre à quatre pattes pour déchiffrer quelques lignes d'un autre âge et quelqu'un de délicieusement anachronique devant son époque. C'est un état d'esprit semblable que Ledan ressentait en traversant le cœur encore palpitant de l'ancienne Italie tout en faisant vrombir le moteur de son automobile.

L'ombre du Vésuve.

« Vedi Napoli e poi muori » Voir Naples et mou-rir. L'expression bien connue, Ledan se la répétait sur différents tons, « comediante et tragediante », en arrivant sur la ville et en tournicotant dans la circulation. On a tellement disserté sur cette formule qu'il ne savait ce qu'il fallait en penser. Toujours est-il que Naples, pour Ledan, par-delà la beauté de sa baie, sa lumière, son atmosphère possédait un je ne sais quoi de morbide. Etait-ce l'ombre du Vésuve qui se projetait sur cette cité, la violence dont se repaissent les journalistes lorsqu'il parle de cette ville ou quelque chose d'autre ? Il se sentait incapable de répondre.

Fabrizio, son collègue napolitain, lui avait conseillé un hôtel non loin de la gare centrale. Une fois installé, Ledan rejoignit le centre et grimpa avec le funiculaire, au milieu de quelques touristes, vers le couvent de San Martino. Comme pour Florence, admirée de Fiesole, Ledan aimait se complaire dans une vue plongeante sur les villes qu'il aimait. De là-haut, Naples lui parut, comme toujours, vibrante, joyeuse, avenante, enjouée mais aussi grave. La courbure de la baie, sa beauté, l'activité du port d'où parvenaient de temps en temps les sons de quelques trompes, les toits colorés et biscornus, tout cela contribuait à un climat fait de vitalité et d'apaisement, un bouillonnement joyeux et roboratif avec toujours en arrière-plan la masse sombre du Vésuve. Aucune fumerole ne sortait du cratère. Il ne semblait dormir que d'un œil.

Il erra quelques temps dans l'ancien couvent de San Martino et s'emplit de l'opulence des œuvres et autres fresques. Une large terrasse au Sud était ouverte et donnait directement sur la baie et les îles. On distinguait un minuscule ferry ânonnant lentement son parcours vers les îles, Procida certainement. Le suivre des yeux procura à Ledan un plaisir simple mais apaisant. Il poursuivit ensuite son parcours dans San Martino, s'arrêta dans le patio, là où quelques moines avaient dû être inhumés. D'étranges balustres surmontés de têtes de mort entouraient ce carré, des crânes sculptés, tous différents, tous originaux et tous curieux. Une belle métaphore de Naples se disait Ledan. Une sorte de « memento mori » ou encore une « vanité » invitant chacun à soupeser son insignifiance.

En sortant, il contempla à nouveau le panorama sur la ville dont le spectacle n'arrêtait pas de le fasciner. Spectacle toujours aussi magnifique qu'il ne se lassait pas de contempler. « Voir Naples et mourir », l'expression paraissait au plus juste. Cette ville semblait marier la proximité de la beauté et celle de la mort. Et il se demandait si la création artistique n'était pas ce combat éternellement recommencé, celui de laisser un lambeau d'éternité devant ce qui nous détruit.

Les yeux des mosaïques et les fantômes de Pompéi.

Rendez-vous avait été pris avec Fabrizio, en fin d'après-midi, dans son bureau du musée archéologique. Avant de le retrouver, Ledan parcourut ce lieu culturel qu'il connaissait bien et à la richesse incomparable.

Alors qu'il déambulait dans les salles consacrées à Pompéi, les mosaïques donnaient étrangement l'impression de l'accompagner. Les yeux éteints, il y a près de deux mille ans, le regardaient et le suivaient curieusement. Ces regards semblaient toujours aussi vivants. Ils paraissaient interroger et scruter Ledan. Que pouvaient-ils lui dire ? Ledan se disait qu'ils avaient échappé à la mort deux fois. Les modèles avaient disparu ; leurs yeux et leurs regards s'étaient évaporés. Ils avaient pourtant été fixés sur la pierre une fois pour toutes et même rendus plus expressifs. Première victoire. Et puis, ils avaient échappé à la catastrophe vésuvienne. On les avait retrouvés, restaurés et ils se tenaient là à observer les visiteurs d'aujourd'hui. Seconde victoire.

Il lui paraissait bien mystérieux à Ledan d'être ainsi examiné par des figures mortes. Ces visages endormis et gelés dans la pierre donnaient vraiment l'impression de vouloir s'échapper de leur prison minérale. Peut-être ces figures auraient-elles voulu guider Ledan dans sa déambulation ? Elles semblaient comme vouloir renaitre à la vie. Et Norbert Ledan sentait avec force leur étrange rêve, alors qu'il était presque seul dans ces salles pompéiennes. Lui revenait à l'esprit un court-métrage en noir et blanc qu'il avait vu, de son époque étudiante, dans une salle qu'on appelait alors « art et essai », un curieux court-métrage intitulé « Les statues meurent aussi ». Ce qui l'avait frappé, c'étaient ces images de sculptures qui paraissaient on ne peut plus vivantes. Le commentateur dictait un texte pompeux comme on le faisait à l'époque avec une voix quasi sépulcrale. Les images et la voix l'avaient longtemps poursuivi. Et sa pérégrination d'aujourd'hui dans le musée de Naples faisait renaitre ces images, telle une étonnante résurgence. Et c'est avec cette curieuse escorte faite de réminiscences et du regard des mosaïques qu'il rejoignit le bureau de Fabrizio.

Ce qu'il aimait chez Fabrizio, c'était sa bonne humeur permanente. Cet homme était jovial, volubile, toujours avec un mot bienveillant. Il incarnait l'Italie même. N'a-t-on pas dit que « les Italiens sont des Français de bonne humeur » ou l'inverse que « les Français sont des Italiens de mauvaise humeur » ? Bref, avec Fabrizio, Norbert Ledan ne s'ennuyait jamais. Il parlait, de plus, comme chez beaucoup de ses compatriotes, un français parfait. Et dans ce bureau, ils discutèrent d'abord de tout et de rien.

Et puis, Fabrizio lui rapporta quelques derniers cas dont il avait eu à s'occuper. L'un d'eux était particulièrement surprenant. Fabrizio les appelait : les fantômes de Pompéi. Une étrange hallucination collective dont avaient été victimes un Coréen et un Hollandais. Ces deux touristes ne se connaissaient pas ; ils n'avaient pas pu se donner le mot, ce qui rendait ce cas particulièrement étrange. Le premier voyageait avec un groupe et s'était égaré seul dans les ruelles isolées de la ville morte. Le second, le Batave, voyageait en solitaire. Ils assuraient, l'un et l'autre, avoir rencontré des personnages ayant vécu l'éruption, des individus en toge qui avaient tenté de leur adresser des messages par signes. Ils les avaient vus, de leurs yeux vus. Le Coréen et le Hollandais avaient été retrouvés, hagards passant de l'hébétude à l'excitation la plus folle. Les autorités policières avaient même été sollicitées, raconta d'une manière amusée Fabrizio. On croyait à un canular ; certains locaux avaient peut-être voulu s'amuser de touristes innocents. Une troupe d'acteurs devait d'ailleurs se produire dans l'ancien théâtre. Les carabinieri restaient perplexes. Ils n'avaient rien confirmé ni dans un sens ni dans un autre. Ce fut, en tout cas, un beau ramdam. Fabrizio, quant à lui, penchait vers l'hypothèse de l'hallucination. Combien de touristes qui s'égarent dans les ruelles lointaines de Pompéi ont quelquefois le sentiment intense de communier avec ce lieu et voir passer de curieux fantômes ?

Mais là, l'hallucination était presque collective et les détails proches. Un mystère, quoi !

Ledan souriait à tout cela. Il ne pouvait s'empêcher de penser à ses propres touristes, Monsieur Takahaschi perturbé par « L'origine du Monde » et le jeune Saulestraoëm troublé par les Trois Grâces. Mais il pensait également à lui, Norbert Ledan. Il avait bien vécu une hallucination voisine, lui aussi, en traversant le musée archéologique et se sentant observé par les yeux des mosaïques. Il pressentait que les fantômes étaient là, proches, prêts à se manifester. Peut-être, d'ailleurs, un jour, se disait-il au plus profond de lui-même, au Louvre, un Belphégor allait-il le menacer ?

Les petits cailloux d'Herculanum.

En début de soirée, Ledan et Fabrizio prirent un verre chez Gambrinus où la femme de Fabrizio les rejoignit. Ils dîneraient ensuite ensemble. La conversation fut sympathique et plaisante. Ils parlaient de toutes sortes de choses, de leur travail assez peu, de Naples surtout et de leur pays qui connaissait toutes sortes d'incertitudes.

Ledan aimait bien ce café Gambrinus. Une institution, comme l'on dit, tout proche de l'opéra San Carlo que Stendhal fréquentait quotidiennement lorsqu'il séjournait à Naples. Mais ce soir-là, Norbert Ledan fut attiré par le curieux manège d'une serveuse et d'un chef de rang. Tous les deux possédaient une présence, un je ne sais quoi de scénique qui intriguait Ledan. Etait-ce leurs visages, leur gestuelle ou leur comportement ? Ledan ne le savait pas. Malgré tout, il les observait à la dérobée, tout en discutant avec Fabrizio et son épouse. La serveuse et le chef de rang semblaient de connivence, c'est normal pour des personnes qui travaillent ensemble. Mais, quand ils se retrouvaient, tous les deux, près d'une desserte, Ledan percevait chez eux, surtout chez l'homme un agacement ; il avait l'air de reprocher sans cesse quelque chose à la jeune femme. Pourtant, elle faisait son travail consciencieusement, sans grand sourire, mais elle servait les clients parfaitement et avec discrétion. Et toujours ces réprimandes que lui adressait le chef de rang et qui n'échappaient pas à Norbert ! Il semblait d'ailleurs le seul à voir ce manège. La jeune serveuse ne s'en laissait pas compter et, elle aussi, manifestait son agacement. Ledan, se disait qu'ils étaient peut-être, mari et femme, amant ou amante et qu'ils réglaient leur différend sur le lieu du travail. En fin de compte, une vraie scène romanesque ou théâtrale, c'était au choix !

Ledan projetait le lendemain d'aller à Herculanum et de revoir également le musée Capodimonte. Tous ces lieux, Ledan les connaissaient. Lors de séjours précédents à Naples, il avait aimé arpenté toute la richesse de cette ville et de ses alentours. Ce qu'on a aimé une fois, ne peut-on l'apprécier encore plus fortement lors de nouvelles visites ? se disait Ledan. Mais, ne peut-on aussi parfois être surpris par ce que l'on croit connaitre ? Norbert n'en avait pas idée. Avant de quitter le café Gambrinus, il ne put s'empêcher de jeter un dernier regard à son couple, la serveuse et son supérieur dont les relations étaient si ombrageuses. Les choses ne semblaient pas vraiment s'arranger de ce côté-là...

Le lendemain matin, il n'y avait pas grand monde à Herculanum. Les touristes filaient tous vers Pompéi. Ledan était presque seul dans les allées sombres de l'antique cité. Il erra à travers certaines villas, tituba sur les sols déformés des atriums, se perdit dans quelques arrière-salles. Bref, il se laissa volontiers envouter par cette ville longtemps engloutie et oubliée où la beauté mystérieuse voisine avec une incontestable présence de la mort. L'endroit était silencieux, quelque chose de pesant. Il se disait qu'il allait peut-être rencontrer d'anciens habitants comme le Coréen et le Hollandais dont Fabrizio lui avait parlé. Aux fantômes de cette ville, Ledan ne pouvait s'empêcher d'y penser. En matière d'habitants, il ne revit que les squelettes récemment mis à jour, là où se trouvait autrefois la plage d'Herculanum. Ils gisaient, pétrifiés dans leur gangue de boue, sous des salles voutées ; les historiens estimaient qu'ils avaient dû se réfugier ici, le jour de la catastrophe, espérant pouvoir s'échapper par la mer. Immanquablement, Norbert se rappela une scène d'un film qu'il aimait particulièrement. Dans « Voyage en Italie » de Rosselini, on suit un couple de Britanniques (Ingrid Bergman et Georges Sanders) qui assistent à un moment donné à la mise à jour d'un corps à Pompéi. La technique est bien rôdée lorsqu'on découvre une cavité creuse où se loge un corps, corps en décomposition et cavité qui en épouse, de ce fait, les formes, on y injecte alors du plâtre pour faire apparaître la forme humaine et l'expression du visage. Dans ce film, le couple britannique s'entend mal, leur relation s'est distendue et il s'apprête même à divorcer. Tous les deux assistent au démoulage de ce qui s'avèrent être un homme et une femme presque enlacés, et ce couple mort les renvoie à leur propre histoire. En contemplant les squelettes d'Herculanum, Ledan ne pouvait s'empêcher de penser à cette émotion vécue par les personnages de « Voyage en Italie » dont il semblait partager une certaine amertume.

Il poursuivit sa déambulation sur les dalles d'Herculanum. Toujours pas de fantômes en vue ! En revanche, comme il le faisait souvent, il ramassa quelques petits cailloux, souvenirs de sa visite. Une mosaïque délabrée laissait à profusion quelques éclats de-ci de-là. Il suffisait de se baisser pour en empocher quelques-uns. Ledan savait que cela ne se faisait pas sur un lieu archéologique, mais il obéissait là à une pulsion faite d'appropriation et de destruction. Une sorte d'attachement à ce qui vous fascine et qui peut aller jusqu'à détériorer. Un amour vache, diraient certains. Il se laissait souvent aller à cette manière de faire. Il savait que Chateaubriand, en son temps, faisait de même ; tous les lieux historiques que le grand mémorialiste du XIX° visitait se voyaient ainsi modestement vandalisés. Chateaubriand rapportait de ses pérégrinations une petite pierre. Il en était de même pour Ledan qui s'était constitué ainsi un bien étrange cabinet de curiosités où voisinaient un souvenir d'Alésia et des cailloux de Delphes, avec un bout de bois du jardin des Oliviers, etc… Ledan n'était guère fier de cette manie infantile de la collectionnite, mais après tout, se disait-il, c'était une manière de garder auprès de lui une relique d'un lieu qui l'avait fasciné.

Judith et le cardinal Alexandre Farnèse.

Au musée Capodimonte, Ledan allait rencontrer un autre collectionneur d'envergure. Le musée est riche de multiples œuvres mais il comporte aussi une collection célèbre, la collection Farnèse. En quittant Herculanum et en se rendant vers ce musée, il se demandait ce qui pouvait bien animer un collectionneur ce qu'il était, lui Ledan, dans une modeste mesure. Dans la malle d'un collectionneur, que se cache-t-il, se demandait-il ? Derrière quelques fioritures, évidemment un prodige d'égoïsme ! Sous l'enveloppe de l'esthète, se camoufle un individualiste. On veut garder pour soi un objet, une œuvre d'art en l'occurrence, en jouir seul à l'abri du regard des autres. Un collectionneur reste un accaparateur, une sorte de pervers onaniste qui goûte en solitaire une beauté qu'il estime lui appartenir. Ledan songeait à tous les cas qu'il avait pu observer au Louvre, ceux qui cherchent à détruire, notamment. N'était-ce pas des amoureux déçus qui se vengeaient de voir ainsi mis au regard de tous une œuvre qu'ils estimaient être la leur et qu'ils voulaient posséder tout seuls ? Des jaloux, des collectionneurs frustrés, voilà ce qu'étaient tous ceux qui bousculaient et vandalisaient ! En malmenant une œuvre, ils disaient à leur façon qu'elle leur revenait !

Tout étonné de cette découverte qu'il jugeait peut-être excessive, il entra dans Capodimonte dont il parcourut les salles. Il retrouvait ce musée et sa débauche de beautés. Non seulement il se plaisait de sa rencontre avec Farnèse le collectionneur, mais il jouissait de la fréquentation de tous les créateurs ici réunis. Botticelli, Le Titien, Le Caravage, Raphaël et tant d'autres ! Il y avait de quoi subir à nouveau ce syndrome de Stendhal qu'il n'avait de cesse de poursuivre. Et Ledan s'interrogeait encore sur la nature de cet état si étrange où se mêlent stupéfaction et ravissement, apaisement et stimulation, sérénité et enthousiasme, paix et excitation. Il se demandait quelle région des sentiments était éveillée dans son cerveau. Il imaginait en lui une géographie intérieure où neurones et synapses se créaient un curieux chemin et devaient se bousculer. Des étincelles, des gerbes incandescentes, des éclairs de chaleur, un feu d'artifice bouillonnaient certainement sous son crâne. Une étrange bourrasque ! Les choses se tordaient en lui comme de frêles arbustes sous une tempête soudaine et violente. C'était bien de tourment dont on pouvait parler.

Il en était là de ces réflexions quand tout à coup il sentit qu'ils étaient là, tout proches de lui, la serveuse de Gambrinus et le chef de rang dont il avait surpris la querelle hier au soir. Leur présence s'imposait et Ledan retrouvait ce quelque chose qu'ils avaient en propre. Non pas que la serveuse et son mari, amant ou collègue étaient en train de visiter le musée en même temps que lui, mais ils s'étalaient là devant lui, encadrés et fixés au mur de ce musée. La serveuse, c'était « Judith décapitant Holopherne », un tableau d'Artimésia Gentileschi. La scène biblique bien connue se voyait représentée avec force et intensité. Pour Ledan, il n'y avait pas de doute, la Judith qu'il observait sur le tableau, ressemblait trait pour trait à la serveuse de Gambrinus. Même détermination, du cran, du caractère et un visage qu'on sentait buté et qui ne s'en laissait pas compter. Quant au chef de rang, il était là lui aussi avec toute sa morgue, sa retenue pleine de circonspection, sa froideur et son air distant. Le Titien l'avait figé sous les traits du « Cardinal Farnèse le jeune ». Norbert Ledan n'en revenait pas ; c'était évident pour lui que la serveuse et le chef de rang vivaient là, encore plus présents que sur la terrasse du café. C'était comme si la serveuse et son supérieur avaient rejoint leur vrai lieu ou pourquoi pas, comme si Judith et le cardinal désertaient de temps à autres les tableaux pour se mêler aux hommes d'aujourd'hui et leur servir un verre chez Gambrinus. Pour Norbert, il y avait de quoi devenir fou ! L'art et la vie se mêlaient étrangement dans cet après-midi de visite à Capodimonte !

Le phénomène relevait-il du hasard ? Etait-ce quelque chose de fortuit, d'inattendu, ou cela répondait-il à quelque chose de profond ? S'agissait-il d'un heureux et capricieux hasard, une coïncidence surprenante ? Ou bien était-ce une rencontre immanquable à laquelle l'on ne pouvait échapper, un hasard objectif comme auraient dit les surréalistes ? Fortuite en apparence mais relevant peut-être d'une raison secrète ? Impossible à savoir.

Certains événements vécus vous jouent parfois des tours étranges comme la découverte au cœur d'une brocante d'un objet décati dont on avait rêvé maintes fois. Cela ressemblait, en tout cas, à un coup de dés, déjà vécu et puis recommencé avec à chaque fois la même secousse au cœur, la même décharge neuronale ou synaptique. Ledan avait de quoi être perplexe.

La nuit suivante, le sommeil de Ledan fut agité dans ses rêves. A un moment donné, il se sentit pris au collet par une Judith vigoureuse. Il avait l'impression d'être malmené par une poigne énergique et autoritaire. Il s'étranglait dans son lit. Et de loin, le Cardinal semblait observer la scène avec un plaisir machiavélique. C'était un de ces rêves dont on surgit, tout chiffonné et apeuré.

Le lendemain, remis de ses émotions nocturnes, il prit congé de Fabrizio. Il allait rentrer sur Paris. Il gardait dans la poche quelques petits cailloux d'Herculanum et dans un coin de la tête, les images de Judith et du Cardinal ainsi que l'aura des fantômes de Pompéi.

« Judith décapitant Holopherne » (1611) Artimésia Gentileschi

Le Cardinal Farnèse le jeune (1546) Le Titien.

Chapitre 4 Extraits du journal de Ledan

Mercredi 22 Juin

« Après mon bref séjour italien, me voilà de retour à Paris et pas mécontent de retrouver mes habitudes.
La routine endort, elle engourdit, je le sais. Mais, elle a
aussi du bon. J'avais déjà noté cette phrase de Radiguet :
« ce n'est pas dans la nouveauté mais dans l'habitude que
nous trouvons les plus grands plaisirs ». J'y souscris volontiers. Ce qu'il y a d'étonnant c'est qu'une telle phrase
ait été écrite par un auteur de 17 ans ! Comment peut-on
être aussi mûr et juste à cet âge-là ? En tout cas, retrouver
la verrière d'Orsay, mon quartier aérien ainsi que les ga-
leries du Louvre, les couloirs souterrains où se loge mon
bureau, et la proximité régulière d'œuvres m'apportent
les plus grands plaisirs. Et puis, il y a mes collègues, Mademoiselle Lepigois dont la présence tranquille a quelque
chose de rassurant, Mathurin, mon collègue de la sécurité
avec lequel je travaille le plus souvent, et tant d'autres …
A mon retour, Mathurin m'a annoncé avoir relevé plusieurs cas qui pourraient m'intéresser. Et c'est pour cela
que j'ai décidé de reprendre ce journal, quelque temps
abandonné. Pas vraiment un journal intime, mais un car-
net de bord comme peut le tenir un capitaine dans des
eaux lointaines. Un cahier professionnel que je tiens pour
moi tout seul et où je consignerai tout ce qui peut être
intéressant. »

Vendredi 24 Juin

« Depuis mon retour, rien de particulier à signaler. Des cas habituels à traiter pour un médecin. Quelques chutes dans les escaliers traitres du Louvre, des étourdissements, quelques blessures bénignes, rien de bien grave, en somme. Malgré tout, on a eu droit, à un malaise qui s'est mal terminé. Un touriste étranger a fait un accident cardiaque, une nécrose massive. Je l'ai fait transporter très vite par le SAMU, mais, j'ai appris qu'il est décédé quelques heures plus tard, il n'y avait rien à faire. Comment peut-on mourir dans un tel cadre, dans un musée considéré comme l'un des plus beaux au monde ? Il faut l'avouer, il n'était plus très jeune, ce touriste. Son malaise a eu lieu dans l'aile Richelieu, dans les étages, en face du tableau représentant Gabrielle d'Estrées et sa sœur la duchesse de Villars. Tableau des plus sensuels, si l'en est ! On y voit les deux femmes dans une baignoire et la duchesse pinçant délicatement le sein, même le téton de Gabrielle d'Estrées. Tout cela dans une atmosphère rouge vermillon ! Peut-être, est-ce cette scène troublante qui a été fatale pour le pauvre touriste ? Je dois m'égarer. Après le colloque de Florence, j'ai l'impression de voir un peu partout des signes du tourment de Stendhal ! »

Lundi 27 Juin

« A Orsay, musée fermé, mais j'assure une permanence avec l'équipe de sécurité. Quelques réunions sont prévues. J'y baillerai certainement. J'ai dû rejoindre mon collègue Mathurin dans une salle attenante à l'allée centrale des sculptures et je suis passé devant « L'origine du Monde », j'ai failli écrire « mon origine du Monde ». Je n'ai pas pu m'empêcher de m'arrêter quelques moments. Toujours le même effet ressenti ! Son air reste toujours étonnant et ses courbes féminines également parfaites. Les cuisses, le ventre, la volute ombrée et naissante des seins et ce sexe dont je sens toujours le regard posé sur moi. Toutes ces courbes qui n'en finissent pas et tous ces détails ont vraiment de quoi donner le tournis.

Je me disais que j'aurais bien aimé avoir eu Courbet comme professeur d'anatomie à la fac de médecine. Même s'il ampute ses modèles, les décapite, quel coup d'œil que le sien ! Quant à la figure féminine représentée, avec la présence qui est la sienne, je me demande bien quel jour elle sortira de son cadre et ce qu'il en adviendra alors de moi … »

Mardi 28, en fin de journée

« Mathurin m'a raconté le cas étrange observé par plusieurs gardiens. Mathurin supervise la sécurité des deux musées, Orsay et Le Louvre. Il dirige les surveillants de salle. On lui a fait part d'un cas curieux. Cela fait plusieurs semaines que les gardiens de certaines salles ont remarqué la présence intrigante d'un individu. Il vient presque tous les jours, régulièrement, avant la fermeture. Il donne l'impression de rôder. Il n'a rien à voir avec les visiteurs habituels. Il déambule en faisant les cent pas dans une galerie, il regarde sans vraiment regarder les œuvres. Pour les gardiens, il n'y a pas de doute. C'est un personnage dont il convient de se méfier. Cet individu, Mathurin ne l'a pas encore vu. Mais, il compte bien être vigilant et les surveillants ont l'ordre de le prévenir dès qu'il se présentera à nouveau. Mathurin l'appelle le « visiteur du soir ».

A écouter Mathurin et selon les dires des surveillants, ce « visiteur du soir » aurait tout d'un pervers. Son allure est louche, il vagabonde, il a l'air en maraude et ses intentions semblent bien malhonnêtes. Mais, à qui en veut-il ? Aux touristes, au musée, au personnel, ou pourquoi pas aux œuvres ? On l'a vu dans les salles des peintures flamandes et des peintures françaises, notamment du XVIIIème. Mathurin y va de sa petite théorie ; ces salles représentent des figures féminines, bien en chair, sensuelles. Pour lui, il n'y a pas de doute, le « visiteur du

soir » est un maniaque, un pervers sexuel. Il est prêt
à parier ! »

Jeudi 30 Juin

« Branle-bas ce matin dans le hall de la pyramide. A l'approche de midi, un personnage vaguement dérangé s'est mis à déclamer haut et fort. Il s'était installé au milieu de l'escalier central et scandait un discours qui n'en finissait pas. Visiblement il s'en prenait aux musées. Il était question de sarcophages, d'œuvres congelées, de fossiles morts et de sépulcres à la température de glace ! Sa voix stridente portait dans tout le hall et ses intonations se réverbéraient sur les dalles et la structure pyramidale. Il y eut un long moment de stupeur chez les visiteurs mais aussi des rires avant que le service de sécurité, avec Mathurin en tête, n'intervienne et n'évacue le personnage. On a discuté ensuite avec Mathurin. Pour lui, c'est indéniable, le musée attire quelques psychopathes. Tous ne sont pas dangereux et la ville en voit de toutes sortes, de ces individus qui veulent à tout prix tenir leur discours. La Tour Eiffel, l'esplanade Montmartre, le métro sont des lieux privilégiés pour ces orateurs compulsifs. Mais il faut, selon lui, être vigilant. Malgré tout, ce matin, on avait l'impression d'un personnage égaré de « La Nef des Fous », sans doute amarrée quelque part le long du quai des Tuileries. »

Mercredi 6 Juillet

« Autre affaire qui a secoué tout le service sécurité. Quelqu'un a inscrit un curieux graffiti au bas d'une toile. Quelques chiffres, des lettres. Tout cela a été inscrit avec un petit marqueur. Le gardien n'a rien vu. Il s'en est rendu compte par hasard en inspectant sa salle avant la fermeture du musée. Mathurin m'a demandé de l'accompagner pour les premières constatations. La toile est anodine (si je puis me permettre) et, de plus, installée dans un recoin. Il est facile pour quiconque veut faire du mal de se cacher là pour vandaliser cette œuvre. Et peut-être, y avait-il des complices ? Quant à l'inscription, elle ne signifie pas grand-chose. Sans doute des initiales, avec une date ? »

« Ce n'est pas la première fois que des vandales se manifestent ainsi. Mathurin me rappelait tous les cas qu'il avait pu constater. Des chewing-gums collés sous un cadre, des crachats, d'autres inscriptions comme des signatures, des taches de doigt, des griffures, des scarifications, quelques éléments de toile tailladés ! On avait même, une fois, relevé un baiser sur le buste d'un empereur romain. Mathurin ne se rappelait plus exactement lequel parmi tous les empereurs de la Rome antique avait reçu cette étrange marque d'affection. Une empreinte d'un rouge à lèvre délicatement apposé sur le marbre. Malgré son apparence, le marbre est fragile et on a dû envoyer l'œuvre dans les ateliers de restauration.

Mathurin avait, là aussi, toute une théorie sur ces icono-clastes. Selon lui, ils peuvent agir par amusement, d'une manière ludique, ou encore par mépris mais pourquoi viennent-ils visiter un musée ? Egalement, ils peuvent exprimer un mal-être personnel. On peut y voir aussi toutes autres raisons, même parfois un geste artistique pour ceux qui se prendraient pour Marcel Duchamp. Mais selon Mathurin, c'était généralement une affaire de détraqué. Tous ceux qui faisaient violence à une œuvre relevaient de psychopathologie, il n'y avait pas de doutes ! »

Vendredi 8 Juillet

« En fin de journée, un surveillant a discrètement prévenu Mathurin. Quelqu'un rôdait étrangement dans les salles de sculptures. Ce quelqu'un, à l'apparence anodine, revenait sans cesse tourner autour de la « Diane chasseresse » de Houdon. Il avait l'air de méditer gravement devant cette sculpture, selon le gardien. Mathurin avec un de ses acolytes est venu rapidement ; il s'est coulé dans la masse des visiteurs et il l'a observé. C'est vrai, a-t-il raconté, que ce personnage avait l'impression d'être fasciné par la figure féminine. Un bronze d'une extrême élégance. Diane y est représentée totalement nue, un corps parfaitement galbée. Reposant sur un pied, elle a l'air en mouvement, une vraie amazone, avec en main arc et flèche ! Le visiteur a fini par quitter la salle, ne s'intéressant que modérément à d'autres œuvres. Mathurin était circonspect. Etait-ce un simple amateur d'art ? Après tout, il y a de quoi être ravi par la beauté classique du bronze de Houdon ! Mais ce pouvait être aussi notre « visiteur du soir » dont se méfie Mathurin ? Et à écouter le gardien, le comportement du visiteur avait quelque chose d'obsessionnel ! »

« Ah, cet amour des statues ! On en voit toutes sortes de manifestations. Certains visiteurs sont de vrais Pygmalion. Comme lui qui était devenu amoureux de sa statue Galatée, si parfaite, si envoûtante qu'il avait demandé aux dieux de l'Olympe de la rendre vivante, d'autres, encore aujourd'hui, sans avoir eux-mêmes créé une sculpture, peuvent en dévorer une des yeux … voire plus. Devant une peinture, on peut être ému par sa beauté, mais devant des statues, on peut tourner autour d'elles, elles qui ont des formes, des volumes, une présence ; on pourrait les croire vivantes et quelques-uns sont prêts à les toucher, à les caresser même. La littérature scientifique a dénommé cette attraction « l'agalmatophilie », l'amour d'une sculpture. On est là dans un domaine quasi délirant. Mes collègues psychiatres l'ont classée comme perversion sexuelle (DSM-IV). Et les cas ne manquent pas. J'ai vu celui du jeune Saülestroem mais lui ne voulait que s'amuser ! Les gardiens m'en ont raconté de ces histoires qu'on observe parfois dans les salles de sculptures. Egalement, mes collègues des autres musées, parisiens ou d'ailleurs m'ont fait part de ce qu'ils avaient noté. »

« Et tout ne se passe pas dans les musées. Au Père Lachaise, la sculpture qui surplombe la tombe d'Oscar Wilde est régulièrement couverte de baisers et de rouge à lèvres, bien vifs et seyants. Il y a aussi le gisant de Victor Noir qui trouble plus d'une visiteuse. L'ancien journaliste est représenté habillé, l'air romantique dans sa mort mais avec une protubérance dans l'entre-jambe. Il ne fait aucun doute qu'il a été saisi avec un sexe en érection. La légende veut que celle qui touche cette partie du bronze obtienne fertilité et bonheur en amour. Une légende bien vivante à voir la partie lustrée de l'anatomie du gisant. Je sais bien qu'il y a de l'amusement, du rituel bon enfant chez les visiteuses de Victor Noir, mais pour certaines, c'est une irrépressible envie de toucher, de caresser, de frotter ou de chevaucher qui les animent. Autre statue qui produit un effet semblable, celle de Dalida, dans un coin secret de la butte Montmartre. Les seins de la chanteuse disparue sont, là aussi, lustrées par les caresses de passants anonymes, visiblement troublés. »

Dimanche 10 Juillet au soir

« Je viens de relire mon passage sur « l'agalmatophilie ». Il y aurait encore tant à dire sur ces étranges amours des sculptures. Moi qui avoue un penchant pour les sculptures de Maillol des Tuileries, je comprends ce plaisir de suivre des yeux les formes d'un modèle. J'avoue apprécier encore davantage de sillonner de la main une courbe même froide du marbre et du bronze ; il y a là un plaisir évident d'effleurer, de frôler et de caresser, pourquoi pas d'étreindre ! Peut-être, me traitera-t-on de fou ? Sans doute deviendrais-je un « visiteur du soir » et serais-je traqué par Mathurin ? Peut-être également ces symptômes que je consigne ici, feront-ils de moi un cas à étudier pour mes collègues ? A la façon de Dalton, le savant, analysant ses propres troubles de la vision, ou Asperger identifiant chez lui le syndrome qui porte son nom, il y a en moi du médecin qui épie son propre tourment. »

« Pour moi, en tout cas, les œuvres sont riches de vie. Elles vibrent de toutes leurs fibres. Elles relèvent de l'idéal et de la perfection mais elles rodent autour de moi. Loin d'être figées, les figures dessinées sont des âmes errantes impatientes de me rejoindre et les pierres sculptées sont rêveuses. Pourrais-je vivre sans elles ? Elles m'attirent comme un insecte éphémère ébloui par la brillance des globes lumineux. J'ai en moi, encore, de ces colombes de l'antiquité trompées par l'attirance expressive des peintures en trompe-l'œil, et dont on raconte qu'elles venaient picorer les raisins dessinés sur les fresques murales. »

Jeudi 28 Juillet

« Longue période de tranquillité tout au long de ce mois de juillet malgré l'affluence des touristes. Quelques broutilles... Des évanouissements de fatigue ou de ravissements extrêmes, je ne sais. Des selfies encore avec des touristes enthousiastes à l'idée de s'immortaliser avec une Galatée aux yeux d'ivoire. Quelques rares attouchements au grand malheur de Mathurin. La routine, quoi ! »

Samedi 6 Août

« Ce matin, je me suis réveillé avec le goût en moi d'un étrange rêve. Une véritable tempête émotionnelle, un maelström ! Comme après un naufrage lorsque certains morceaux remontent à la surface, l'un après l'autre, les images de ce rêve se sont petit à petit mises en place. Elles se sont emboîtées tant bien que mal. J'avais la sensation étrange et curieuse d'être entré dans un tableau de je ne sais quel maître. J'avais enjambé le cadre. A l'intérieur, je déambulais dans une mystérieuse galerie, vaste et profonde, vaguement éclairée, encadrée par des bustes en marbre. Tous ces personnages de pierres me regardaient curieusement. Leurs yeux interrogateurs venaient fouiller au plus profond de ma personne. Et, chez certains, j'y retrouvais des visages connus. Là, Gabriella avec une toge romaine. Ici, Mathurin, avec un haut de forme qui le faisait ressembler à Javert. Là encore, Fabrizio avec un air fantomatique. Encore plus loin, Gabrielle d'Estrées ou Mademoiselle Lepigois, ou bien Dalida, je ne sais, avec des seins fermes et lustrées. Et semble-t-il, au fond de la galerie, les trois Grâces accompagnées de Judith avaient l'impression de m'attendre. « L'origine du Monde » les guidait et je sentais que toutes ces figures féminines allaient m'étreindre, toutes les cinq, avec une puissance qui me dépasserait. Elles semblaient faites de pierre, de marbre ou de bronze et je sentais que j'allais étouffer sous leur maléfique pression, leur poigne, leurs bras ou leurs cuisses. J'étais tout en nage quand je me suis réveillé. Ma compagne, à mes côtés, somnolait tranquillement, elle, dans les bras rassurants de Morphée. »

« Il m'a fallu du temps pour retrouver mes esprits, comme on dit. Et je me demandais si j'allais finir comme un personnage de Mérimée. Lui qui avait, par jeu, passé une bague au doigt à une statue de bronze et avait fini étouffé. En fin de compte, c'est ce que laissaient suggérer certains témoins dans cette étonnante nouvelle. La statue de bronze l'avait étreint dans une caresse amoureuse, violente et criminelle. »

Table

Chapitre 1 :

des cas étranges. 11

Le cœur palpitant d'une ville. 13

Un spectacle urbain. 15

Le médecin des musées. 17

Ledan, l'esthète. 21

Un premier cas étrange. 25

Monsieur Takahaschi. 29

Des statues mortes-vivantes. 33

Le marbre chaud. 37

Entre chien et loup. 39

Chapitre 2 :

voyage en Italie. Florence. 43

Sainte Cécile à Bologne 45

Les maléfices de Pietramala 49

La mariée de Botticelli 53

Santa Croce, haut lieu stendhalien 57

Gabriella 61

Le syndrome de Stendhal décortiqué. 63

Chapitre 3 :

Voyage en Italie (suite). Rome et Naples 69

L'autoroute du soleil 71

Les souvenirs romains. 75

L'ombre du Vésuve. 77

Les yeux des mosaïques et les fantômes de Pompéi. 79

Les petits cailloux d'Herculanum. 83

Judith et le cardinal Alexandre Farnèse. 87

Chapitre 4 :

Extraits du journal de Ledan 93

Achevé d'imprimer en avril 2019
Pour le compte de Z4 Editions

www.ingramcontent.com/pod-product-compliance
Lightning Source LLC
Chambersburg PA
CBHW060838250626
47162CB00005B/2109